KB211125

행복한 질문

WHAT IS YOUR WISH?

오나리 유코 글·그림

김미대 옮김

소소한 물음에 대답하기

오나리 유코 글·그림

행복한 질문

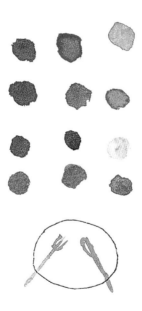

있잖아,

만약에

아침에 일어나 보니까
내가 시커먼 곰으로 변한 거야.
그럼 당신은 어떻게 할 거야?

그야…

깜짝 놀라겠지.

그리고 애원하지 않을까?

「제발 나를 잡아먹지는 말아 줘.」

그런 다음

아침밥으로 뭘 먹고 싶은지 물어볼 것 같아.

당연히 꿀이 좋겠지?

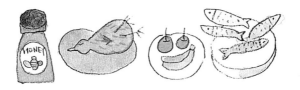

그럼

당신이 눈을 뜨니까

내가 작은 벌레로 변해서

당신 코 위에

앉아 있는 거야.

그러면 어떡할 건데?

「한번 날아 봐.」 그러겠지?
아하! 여행을 떠나면 되겠다.
비용이 반으로 줄 테니 말이야.

당신을 위해
작고 예쁜 침대도
만들어 줄게.

그리고 살며시 입 맞추는 연습도 해야겠다.
행여나 당신이 다치면 안 되니까.

이거 내가 먹어도 돼?

그럼

공원을 함께 걷다가

당신이 뒤돌아보니까

내가 커다란 나무로 변한 거야.

말하는 여자 나무가 된 거지.

음… 그렇다면
이 집을 팔고
그 나무 옆에
텐트를 치고 살 거야.
그리고 당신이 좋아하는 옷을
가지마다 걸어 줄게.
내가 나무는 좀 타는 편이잖아.

내가

고양이로 변하면?

그 고양이는

혀가 부드러우려나?

까슬까슬하지만 않으면 괜찮아.

있잖아,

내가 깔끔한 걸 좋아하고

청소도 더 열심히 하고 그러면 좋겠어?

당신이 너무 깔끔하면
내가 당신이 남긴 음식 먹는 걸
싫어하지 않을까?
그건 좀 곤란한데….

내가 갑자기
「혼자 세계 일주 하고 올게.」라고 말하면
어떻게 할 거야?

괜찮아.
당신이 돌아왔을 때
내가 눈물바다에 빠져 죽어 있어도
상관없다면.

그러면 당신은
내가 갑자기 아기로 변하면
어떻게 할 건데?

「그럼 아기를 위해
새아빠가 필요하지 않을까?」

「뭐? 나는 엄마만 있어도
훌륭하게 자라나는 아기거든!」

내가 당신한테

살도 좀 빼고

깔끔한 여자가 되어 달라고

부탁하면?

괜찮아!
당신은 그런 말
안 할 거니까.
(콧등에 살포시 키스)

「그 책이 그렇게 재미있어?」

「응, 재미있어.」

「나 사랑해?」

「사랑하지.」

있잖아, 만약에
어떤 신이
소원을 모두 들어줄 테니
나랑 헤어져서
죽을 때까지
절대로 만나지 말라고 하면
어떻게 할 거야?

그렇게 말하는 신이 있다면

콧방귀를 뀌어 줄 거야!

그리고 발로 뻥 차 버리겠어!

그럼 있잖아,

내일이

이 세상의

마지막 날이라면?

그럼

전망 좋은 언덕에

침대를 옮겨 놓고

뒹굴뒹굴하면서

하루 종일 당신과

뽀뽀할 거야.

당신은 아무것도 두렵지 않나 봐.

아무것도 두렵지 않아.

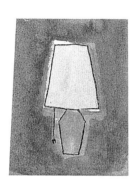

이 연약한 두 생명의 앞날에

너그러운 신의 축복이

함께하기를.

설령
내일이 이 세상의 마지막 날이라 해도
우리 마음속엔 언제나
웃음과 기쁨이 마르지 않는 샘을
간직하면 좋겠습니다.

지금 곁에 있는 사람에게
때로는 얼굴이 빨개지도록 쑥스러운 한마디를
때로는 가슴이 두근거리는 한마디를
그렇게 마법 같은 한마디를
건넬 수 있으면 좋겠습니다.

우연한 만남에 감사하며.

행복한 질문

2014년 3월 15일 초판 1쇄 ‖ 2024년 10월 29일 초판 11쇄

글·그림 오나리 유코 ‖ 옮김 김미대
크리에이티브 디렉터 최우근·고미솔
편집 이루리 ‖ 디자인 강해령, 전다은 ‖ 마케팅 이상현, 신유정
펴낸이 이순영 ‖ 펴낸곳 북극곰 ‖ 출판등록 2009년 6월 25일 (제300-2009-73호)
주소 서울시 마포구 독막로 320 B106호 북극곰
전화 02-359-5220 ‖ 팩스 02-359-5221
이메일 bookgoodcome@gmail.com
홈페이지 www.bookgoodcome.com
ISBN 978-89-97728-45-9 03830
잘못된 책은 구입한 곳에서 바꾸어 드립니다.

KOFUKU NA SHITSUMON
by Yuko Ohnari
Copyright ⓒ 1997 by Yuko Ohnari
Original Japanese edition published in 1997 by Shinchosha Publishing Co., Ltd.
Korean translation rights arranged with Shinchosha Publishing Co., Ltd.
through JM Contents Agency Co.